Die Lieder

Beim Verlag sind ferner eine Theaterfassung, ein Combo-Arrangement und eine Playback-CD erhältlich.

Überarbeitete Neuauflage 2012, Buch mit CD

ECB 6110 / ISMN 979-0-2028-6110-3 / ISBN 978-3-905847-82-6
Text, Songtexte, Titel, Illustrationen und Gesamtgestaltung: Jörg Hilbert / Musik: Felix Janosa

Notensatz: Christoph Schulz, Münster / Druck: TBB, SK-Banská Bystrica

CD-Impressum
Sprache und Gesang: Patricia Prawit
Arrangement und Einspielung der Musik: Felix Janosa
Aufgenommen, gemischt und gemastert von Alex Jacobi,
Alex Jacobi Recording (Aachen)

Der Schweinachtsmann

Text und Zeichnungen: Jörg Hilbert
Musik: Felix Janosa

HUG
MUSIKVERLAGE

Edition Conbrio

Es war am ersten Advent …

Es war am ersten Advent.

Wie jedes Jahr trafen sich die Weihnachtsmänner in einer verschneiten Blockhütte in den Bergen um Strohsterne zu basteln und die Arbeit für den Heiligen Abend aufzuteilen.
Aber diesmal sollte alles ganz anders werden.
Es fing damit an, dass Weihnachtsmann Rupert noch nicht eingetroffen war. Wo blieb er denn bloß? Er war doch sonst immer einer der Pünktlichsten. Seine Weihnachtsmannkollegen begannen langsam, sich Sorgen zu machen, da rumpelte es im Kaminschacht, und ein kleiner, hustender Engel entstieg der Asche.
»Es ist aus!«, verkündete er. »Rupert hat sich beim Nüsse knacken den Daumen eingeklemmt und muss das Bett hüten.«
»Was?!«, riefen die anderen Weihnachtsmänner. »Und wer soll denn jetzt, bitte schön, seine Arbeit übernehmen?«
»Ich jedenfalls nicht«, verkündete der Engel mit leichtem Vorwurf in der Stimme, »ich habe schon mehr als genug zu tun mit diesem ständigen Rumgemusiziere.
Außerdem ist mir das zu dreckig.
Pfui Spinne! Zu Hause muss ich mir erst mal ein sauberes Hemdchen anziehen.«
Dann rauschte er davon,
so wie er gekommen war.

Die Weihnachtsmänner waren verzweifelt. Keiner von ihnen konnte zusätzlich Ruperts Aufgaben übernehmen.
»Wir bräuchten einen Ersatz«, ratschlagten sie, »aber woher nehmen und nicht stehlen? Und schön dick muss er sein.«
»Wir könnten den Osterhasen fragen«, schlug ein Weihnachtsmann namens Engelhardt vor.
Die anderen schüttelten die Köpfe. »Zu klein, zu dünn, zu lange Ohren«, sagten sie.
»Oder wir fragen bei der örtlichen Weihnachtsmannvermittlung nach.«
»Zu teuer«, knurrten die anderen.
Nach einiger Zeit des Schweigens hatte Weihnachtsmann Hektor-Telemann-Napoleon, dem die Hütte gehörte, eine Idee.
»Ich hätte da noch ein Schwein im Stall«, sagte er, »das könnte man mal fragen. Es ist zwar nicht gerade Idealbesetzung, aber wenigstens schön dick.«
»Besser als schlechter«, meinten die anderen.
Also stapfte Hektor-Telemann-Napoleon durch den Schnee zum Stall und sagte: »Du, Schwein, wir bräuchten unbedingt einen Ersatzweihnachtsmann. Kannst du uns nicht helfen?«
»Klar«, grunzte das Schwein und ließ sich bereitwillig in die Hütte führen.
Als es die anderen Weihnachtsmänner sahen, jauchzten und frohlockten sie: »Hurra – du bist unser Mann!«

»Grüß Gott, ich bin ein Schwein.«

1. Grüß Gott, ich bin ein Schwein

Musik: Felix Janosa / Text: Jörg Hilbert

C/G D7 G F D7
schö - ne Schwei - nachts - zeit. 1.—3. Es ist so schön ein Schwein zu
Schwei - nachts - zeit ist da.
Schwein und will 'nen Keks.
C/G A7 Dm G7 C
sein; grüß Gott, (grunz, grunz) ich bin ein Schwein.

»Wenn wir dich ordentlich verkleiden, merkt den Unterschied keine Sau!«
Sie steckten das Schwein in einen roten Mantel und zogen ihm schwere Winterstiefel an. Dann bekam es eine Weihnachtsmannmütze und einen falschen Bart.
»Sieht doch aus wie echt«, meinten die Weihnachtsmänner anerkennend. »Fehlt nur noch der Sack.«

Auch der fand sich. Schließlich bekam das Schwein sogar einen eigenen Rentierschlitten, mit dem man durch die Luft fliegen konnte.
»Doll«, freute es sich, »jetzt bin ich der Schweinachtsmann. Ab durch die Mitte!«
»Halblang, halblang, Bruder«, sagte das Rentier, »nur nichts überstürzen.«
Noch hatte das Schwein eine Menge zu lernen. Eigentlich, so sagten die richtigen Weihnachtsmänner, sei die Zeit viel zu kurz für eine ordentliche Ausbildung. Aber in diesem besonderen Fall müssten sie eben eine Ausnahme machen und das Beste hoffen.

»Halblang, halblang, Bruder«, sagte das Rentier.

»Ja, und jetzt ab mit dir.«

Die verbleibenden Tage nutzte Hektor-Telemann-Napoleon, um seinem Schwein die wichtigsten Kunstgriffe beizubringen, die man als Weihnachtsmann so können muss. Vor allem, wie man durch den Kamin kommt.
»Das ist gefährlich«, warnte er. »Wenn du zu schnell bist, kannst du dir unten furchtbar den Bart verstauchen. Bleibst du aber stecken, dann – na, das kannst du dir ja selber denken.«
Dem Schwein gefiel die Sache mit dem Kamin außerordentlich. »Herrlich dreckig«, grunzte es, »ich glaube, das ist genau der richtige Beruf für mich.«

Bald war Heiliger Abend, und das frisch gebackene Aushilfsweihnachtsschwein mit dem voll gepackten Rentierschlitten unterwegs. Wie es so durch die Luft flog, war es sich seiner Sache aber gar nicht mehr so sicher. Würde es auch alles richtig machen? Oder würde es womöglich im Kamin stecken bleiben, bis es genügend abgenommen hatte, um durchzurutschen?
»Wird schon schief gehen«, meinte das Rentier, und da waren sie auch schon am ersten Kaminschacht.
»Ich glaub, ich muss mal«, behauptete das Schwein, um Zeit zu gewinnen. »Sitzt mein falscher Bart auch richtig?«
»Ja, und jetzt ab mit dir«, sagte das Rentier und schubste seinen Kollegen in den Kamin. Plötzlich stand das Schwein hustend in einem hell erleuchteten Zimmer voller Kinder und ein paar Erwachsener.

2. Was ist das für ein Baum?

Musik: Felix Janosa / Text: Jörg Hilbert

F Dm G7 Am
mit - ten im Zim - mer, es ist wie ein Traum, was
teilt sie sich güt - lich; und Neu - jahr ist's weg, was
tan - zen und sin - gen mit glän - zen - dem Blick; was
Em G7 C
ist das für ein Baum?
ist das für Ge - bäck?
ist das für Mu - sik?

Als Stallbewohner hatte es natürlich noch nie einen Weihnachtsbaum gesehen. Nun stand hier so einer in der Ecke, und der leuchtete ganz wundervoll und war mit allerlei appetitlichen Dingen behängt. Diese Kerzen! Diese wunderschönen Strohsterne! All die leckeren Weihnachtsplätzchen!

Staunend stand der Schweinachtsmann im Raum und vergaß die Welt um sich herum, als ihn plötzlich jemand am Bart zog.

»He, du da, Weihnachtsmann!«

Es war eins dieser Kinder, ein kleines Mädchen, soweit dies das Schwein als Außenstehender beurteilen konnte.

»Du siehst ja aus«, kicherte die Kleine, »als hättest du noch nie einen Weihnachtsbaum gesehen.«

»Nein«, gab das Schwein zu, »hab ich auch nicht. Ich bin Anfänger.«

»Das soll ich dir glauben?« Das Mädchen zog noch kräftiger am Bart und hatte ihn auf einmal in der Hand.

»Du bist ja gar nicht der Weihnachtsmann«, riefen alle, »du bist ein Schwein!«

»Äh …«, sagte das Schwein und versuchte krampfhaft sich zu erinnern, was Hektor-Telemann-Napoleon für einen solchen Fall geraten hatte. Aber ihm fiel rein gar nichts ein. Es blieb einfach wie angewurzelt in der Mitte des Zimmers stehen, während die Kinder wie die Wilden um es herumtobten. Die Erwachsenen rieben sich ungläubig die Augen.

»He, du da, Weihnachtsmann!«

Die Erwachsenen rieben sich ungläubig die Augen.

Da rumpelte es wieder im Schornstein und das Rentier kam herabgepoltert.
»Donnerlüttchen, war das eng«, keuchte es und zog einen schweren Sack aus dem Schacht. »Fast wäre ich mit dem Geweih hängen geblieben. Guck mal, du Dödel hast glatt die Geschenke vergessen. Hörst du mir eigentlich zu? Sieh mich doch mal an! Hey, Bruder, was ist denn nur mit dir?«
Nun merkte es auch das Rentier.
Geistesgegenwärtig schnappte es sich den falschen Bart und zog das Schwein unter dem Gejohle der Kinder in den Schornstein und auf das Dach zurück.

»Oioioioioi«, stöhnte das Schwein, nachdem es in der kalten Nachtluft zur Besinnung gekommen war, »das war alles so fremd und neu für mich. Aber auch schön!«
»Das kann man schon verstehen«, sagte das Rentier und klopfte ihm den Ruß vom Mantel. »Das erste Mal ist immer am schwierigsten. Aber das kriegen wir schon noch hin. Die Geschenke habe ich übrigens unten gelassen, sonst müsstest du nochmal runter.«
»Danke«, murmelte das Schwein peinlich berührt.

3. Zum ersten Mal

Musik: Felix Janosa / Text: Jörg Hilbert

C7 F A7
ers - ten Mal. Ich brin - ge Man - deln,
ers - ten Mal. Ich tra - ge ei - nen
ers - ten Mal. Ich brin - ge gu - te
Dm A7 B♭/F
Mar - zi - pan, ich brin - ge Scho - ko - la - de, nur
Sack, ge - füllt mit Nüs - sen und schön bau - chig, nur
Sa - chen mit, aus Pfef - fer - ku - chen näm - lich, nur
F B♭/F C7 F
dass ich's selbst nicht es - sen darf, ist scha - de.
dass ich's selbst nicht es - sen darf, ist trau - rig.
dass ich's selbst nicht es - sen darf, ist däm - lich.

Beim zweiten Mal kam das Rentier vorsichtshalber gleich mit nach unten. Der falsche Weihnachtsmann fühlte sich schon viel sicherer. Diesmal waren die Menschen in einem anderen Zimmer und sangen irgendwelche Lieder. Weihnachtslieder, behauptete das Rentier.

Das Schwein war begeistert: »Was sind denn das für tolle Plätzchen? Hmm, die schmecken klasse! Und guck mal, auf dem Tisch dort, da liegt ein dicker, fetter Kuchen mit Rosinen und Puderzucker drauf. Leeecker!«

»Du spinnst wohl – lass den Stollen liegen!«, zischte das Rentier, als es plötzlich draußen klingelte.

»Au Backe, die kommen! Schnell weg hier!«

Hastig schob es die Geschenke unter den Weihnachtsbaum und stieß das Pfefferkuchen kauende Schwein in den Kamin zurück.

Wieder auf dem Dach war das Rentier ziemlich sauer.

»Du musst dir schon etwas mehr Mühe geben«, schnauzte es das Schwein an, dessen Augen sich mit Tränen füllten.

»Weihnachtsschwein zu sein ist schon sauschwer«, sagte es. »All die leckeren Sachen, da muss man doch einfach reinhauen. Jedenfalls als ich, der ich ein Schwein bin.«

»Muss man nicht, und soll man auch nicht«, schimpfte das Rentier. »Immerhin bist du dienstlich hier, also halt dich zurück, sonst gibt's mächtig Ärger mit oben.«

»Na gut«, murmelte das Schwein und beschloss, sich zu bessern.

»Immerhin bist du dienstlich hier!«

Es wurde eine lange und anstrengende Nacht. Aber es klappte von Mal zu Mal besser, und schließlich waren die beiden richtig gut aufeinander eingespielt.

Auf dem Rückflug wusste das Schwein schon gar nicht mehr, in wie vielen Wohnzimmern es gewesen war und wie viele Geschenke es verteilt hatte. Waren es hundert gewesen? Oder sogar tausend? Egal, es war vorbei, der Rentierschlitten leer, und gleich konnte man sich wieder in einen dampfenden Misthaufen werfen und schlafen, schlafen, schlafen.
Das Schwein wickelte sich in eine Decke ein und grunzte: »Ohne dich hätte ich das nie im Leben geschafft.«
»Keine Ursache«, sagte das Rentier, »wir haben alle mal angefangen. Und ich habe damals sogar noch viel mehr Fehler gemacht.«
»Aber«, fuhr das Schwein fort, »so schön es auch war, ich glaube, dieser Beruf ist mir einfach zu anstrengend.«
»Du kannst dich ja jetzt ein Jahr lang ausruhen«, gab das Rentier zu bedenken. Dann wich es geschickt dem Mond aus und trabte geradewegs in eine große, mitternächtliche Wolke hinein.

Dann wich es geschickt dem Mond aus …

4. War das nicht der Weihnachtsmann?

Musik: Felix Janosa / Text: Jörg Hilbert

G7 C Dm G7
leicht, dass ihr ihn kennt? 1.–3. War das nicht der Weih-nachts-mann,
leicht, dass ihr es wisst?
sagt mir, wer das war!
C Dm G7 C
der da um die E - cke kam? War das nicht der
Dm H° C F G C
Weih - nachts - mann? Nein, nein, nein, ein di - ckes, fet - tes Schwein.

»Das sind die Plätzchen, die übrig geblieben sind.«

Am nächsten Morgen erwachte das Schwein in seinem vertrauten Stall.
Hatte es das alles nur geträumt? Das Rentier? Die Kinder? Die Weihnachtsbäume? Es wollte gerade zum Futternapf trotten, als es klopfte und die Weihnachtsmänner hereinmarschiert kamen. Vorneweg ging Rupert, mit einem Sack in der einen Hand und einem dicken Verband an der anderen.

»Ich habe gehört, wie gut du mich vertreten hast«, sagte er und setzte den Sack vor dem Schwein auf den Boden. »Das sind die Plätzchen, die übrig geblieben sind. Die sind für dich, zur Belohnung. Wir hoffen ja nicht, dass es sein muss, aber dürften wir dich im Notfall vielleicht noch einmal …?«
»Gerne, gerne«, grunzte das Schwein und steckte den Kopf in den Sack, »vor allem, wenn's danach so was Dolles zum Fressen gibt. Aber nur zur Aushilfe. Für immer ist mir zu anstrengend.«
»Jaja, natürlich«, beeilten sich die Weihnachtsmänner zu versichern, »bald sind wir ja auch wieder komplett.«

Der Frühling kam, es wurde Sommer und Herbst. Ein neues Jahr ging ins Land, und natürlich gab es auch diesmal wieder einen ersten Advent. Wie immer hatten die Weihnachtsmänner eine Menge Wunschlisten erhalten, die sich alle mehr oder weniger ähnelten: Ich will dies, ich will das, und ich war auch ganz lieb.
Aber diesmal war ein Brief dabei, der war anders:

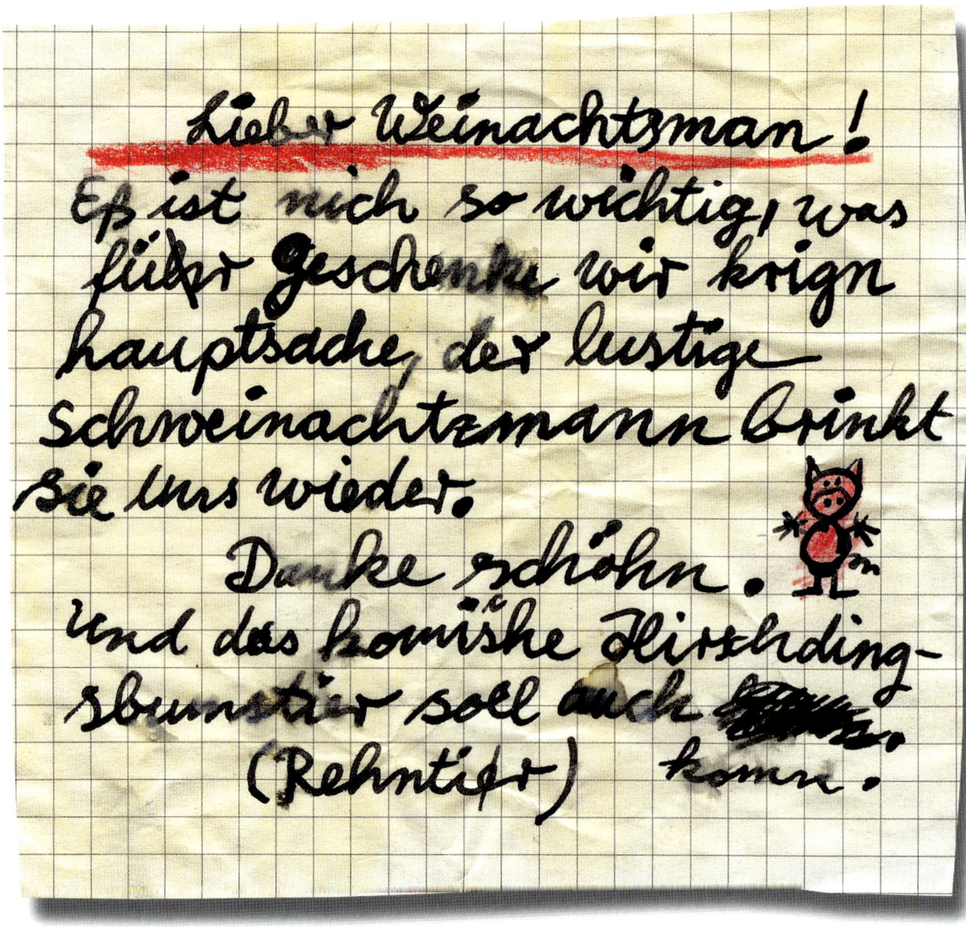
Lieber Weinachtzman!
Eß ist nich so wichtig, was
für Geschenke wir krign
hauptsache der lustige
Schweinachtzmann brinkt
sie uns wieder.
Danke schöhn.
Und das komishe Hirschding-
sbumstier soll auch [redacted]
(Rehntier) komn.

»Lieber Weihnachtsmann …«

5. O Weihnachtszeit

Musik: Felix Janosa / Text: Jörg Hilbert

A D G D/A F♯7/A♯ Hm D
vent.
zeit. 1.–3. O weih, o weih, o Weih - nachts - zeit. O
jahr.
G D/A A7 D
weih, o weih, o Weih - nachts - zeit.

»Ich hab schon gedacht, ihr vergesst mich hier.«

»Kaum zu glauben«, dachte Hektor-Telemann-Napoleon, »da gibt es tatsächlich noch ein paar Kinder, für die die Geschenke nicht das Wichtigste am Weihnachtsfest sind. Mal sehen, was sich tun lässt.«
Er ging in seinen Stall und sagte zu seinem Schwein: »In diesem Jahr sind wir zwar alle gesund, aber da gibt es ein paar Kinder, die wollen ihre Geschenke unbedingt von dir kriegen. Könntest du dir vielleicht vorstellen …?«
»Ich hab schon gedacht, ihr vergesst mich hier!«, grunzte das Schwein, denn das Jahr im Stall war besonders langweilig gewesen. »Aber nur unter einer Bedingung.«
»Ja?!«
»Das Rentier muss mitkommen.«
»Genehmigt!«, Hektor-Telemann-Napoleon atmete auf. »Es ist sogar ausdrücklich erwünscht.«

Und so kommt es, dass es irgendwo auf dieser Welt ein paar Kinder gibt, die seither jedes Jahr ihre Geschenke von einem Schwein und einem Rentier gebracht bekommen. Jedes Jahr kriegen die beiden mehr Weihnachtsplätzchen und Stollen zugesteckt, und jedes Jahr bleiben sie ein bisschen länger.

Und diese Geschichte ist die Wahrheit, die reine Wahrheit und nichts als die Wahrheit. Sie ist genau so wahr wie, dass Tannenbäume auch im Winter grünen, und dass man mit einem Rentierschlitten durch die Luft fliegen kann.

Frohe (Sch)weihnachten!

6. Tausend tolle Plätzchen

Musik: Felix Janosa / Text: Jörg Hilbert

A Dm G
1. kau sie ü - ber - all,
2. kau sie hier und dort, 1.-3.nur run - ter - schlu - cken darf ich nicht, sonst
3. kau sie win - del - weich,
C7 F
1. gibt's 'nen gro - ßen Knall.
2. plat - ze ich so - fort. 1.-3.Ich platz gleich, ich platz gleich, komm
3. don - nert es hier gleich.
B♭ F C7 F
gib mir noch 'nen Keks! Die Feu - er - wehr, die Feu - er - wehr, sie ist schon un - ter - wegs.